그것이 어찌 사랑뿐이랴

그것이 어찌 사랑뿐이랴
이용기 시집

초판 1쇄 발행 2018년 11월 9일
초판 2쇄 발행 2018년 11월 30일

지은이 이용기
펴낸이 김종해
펴낸곳 문학세계사

주소 서울시 마포구 신수로 59-1, 2층
전화 02-702-1800 | 팩스 02-702-0084
이메일 mail@msp21.co.kr | 홈페이지 www.msp21.co.kr
페이스북 www.facebook.com/munsebooks
출판등록 제21-108호.(1979. 5. 16)

값 10,000원
ISBN 978-89-7075-887-9 03810

이 도서의 국립중앙도서관 출판예정도서목록(CIP)은
서지정보유통지원시스템 홈페이지(http://seoji.nl.go.kr)와
국가자료공동목록시스템(http://www.nl.go.kr/kolisnet)에서
이용하실 수 있습니다. (CIP제어번호: CIP2018033702)

그것이 어찌 사랑뿐이랴

이용기 시집

문학세계사

　'하늘을 우러러 한 점 부끄럼이 없기를' 갈망했던 어느 시인의 마음이 그립다. 염치없는 일이 줄기는커녕 날마다 더해지니 말이다. 서툰 시들을 엮어 시집으로 내놓는 것이 내 삶의 가장 염치없는 일이 아닐까. 그래도 내 삶의 소중한 조각들이기에 어색한 파편들을 차마 외면하지 못하고 부끄러울지라도 껴안기로 했다. 누군가 나의 시 한 편이라도 좋아한다면 감사한 마음으로 향기로운 커피라도 대접해야겠다.

2018년 늦가을

이 용 기

차례

1

□ 이용기의 첫시집에 대하여

1

천수답 天水畓

내게로
흘러오는
물줄기 하나 없고
샘물 하나 가진 것 없어
오로지 하늘만 쳐다봅니다

눈물마저
말라버리고
사랑해 주는 이 없어
거북등처럼 갈라진 마음
오로지 주님만 바라봅니다

쏟아지는 빗줄기에
강물로 넘치다가도
주님 떠나시면
금세 메마르는 영혼
다시 오실 날만 기다립니다

나는 볼 수가 없네

나는 하늘을 보고
구름이 있다 하고
그는 하늘을 보고
천국이 있다 하네

나는 세상을 보고
절망이 있다 하니
그는 사람을 보고
소망이 있다 하네

나는 눈을 뜨고
바다가 보인다 하고
그는 눈을 감고
고기가 보인다 하네

나는 눈을 떴으나
보이는 것이 없다 하고

그는 눈이 멀었으나
모든 것이 보인다 하네

아름다운 세상

별것 아닌 일에도
즐거워할 수 있다면
세상은 얼마나 재미 있을까

작은 일에도
감사할 수 있다면
세상은 얼마나 풍요로울까

서로가 조금씩
양보할 수 있다면
세상은 얼마나 여유로울까

다른 사람의 잘못을
용서할 수 있다면
세상은 얼마나 자유로울까

가난한 이웃을
도와줄 수 있다면

세상은 얼마나 따뜻할까

한 가지만이라도
실천할 수 있다면
세상은 얼마나 아름다울까

튀링겐*의 주일 아침

주일 아침이 고요합니다
눈부신 햇살이 풀밭을 스치면
클로버잎 사이 하얀 민들레가
고개를 들어 방긋 인사를 합니다

하루를 시작하는 경건의 시간을
행여나 방해하지 않을까
떨어진 배꽃잎 흐드러진 잔디밭을
조심조심 까치발로 걸어봅니다

예배가 사라진 믿음의 땅에서
소리 높여 찬송가 부릅니다
거룩하신 하나님 좋으신 하나님
이방의 족속이 예배를 드립니다

* 튀링겐: 독일 바이에른 작은 도시

겸허히 기도합니다

아침에 눈을 뜨면
오늘도 숨을 쉴 수 있다는 것이
얼마나 경이로운지
나는 가슴에 손을 얹고
심장 소리를 들어 봅니다
저마다 목소리를 높여
교만과 자랑으로 소란한 세상에
태어나서부터 지금까지
한결같이 낮은 소리로
생명의 소중함을
겸손히 표현하는
나의 하루를 위하여

오늘도 아내가 차려주는
밥을 먹을 수 있다는 것이
얼마나 고마운지
나는 밥을 입에 한가득 넣고
행복을 천천히 씹어봅니다

함께 먹어야 하나가 되는
식솔의 소중함이 잊혀져 가는 세상에
따뜻한 밥과 사랑으로 버무린 반찬들
가족 먼저 챙기느라
자신의 건강은 돌보지 못한
고마운 나의 아내

회사에 도착하면
일을 할 수 있다는 것이
얼마나 감사한지
나는 어깨를 활짝 펴고
최선을 다할 것을 다짐해 봅니다
노동의 소중함이 절실해지는
일자리가 별따기만큼 어려운 세상에
받은 은사와
땀으로 일궈내는
눈부신 열매를 바라보며
내 삶을 지탱해주는

소중한 일터

일을 마치면
돌아갈 보금자리가 있다는 것이
얼마나 행복한지
나는 노을에 물든 시간과 함께
귀가의 발걸음을 재촉합니다
기다려주는 사람 없어
갈 곳 모르고 방황하는 세상에
기다리는 가족의
둥지로 귀소하는 어미 제비처럼
바람을 가르는 날갯짓으로
나 돌아가야 할
행복한 나의 집

오늘도
하루를 돌아보며

얼마나 경이롭고 고맙고
얼마나 감사하고 행복한지
안식의 밤에 지친 몸을 누이고
내일 하루도 오늘 하루같이
살아가게 하소서
겸허히 기도합니다

나는 선교사입니다

나는 선교사입니다
내가 세상을 모르고
세상이 나를 외면할 때
오직 한 분 예수님만이 나를 믿어
이방에 시집 온 예수님의 신부랍니다
말 한 마디 모르고 아는 사람 없는
이방의 나라가 내 시댁입니다

밤마다 울었습니다
힘들어서 우는 것이 아닙니다
못난 나를 살리려고 먼저 가신
그 분을 생각하며 울었습니다
외롭고 서러워서 우는 것이 아닙니다
나를 향한 그 분의 사랑이 너무나 커서
십자가를 부둥켜안고 울고 또 울었습니다

주님이 유업으로 남기셨습니다
이방 이 땅을 죽기까지 섬기라고

나를 사랑하듯 저들을 사랑하라고
주님은 가셨지만 나는 혼자가 아닙니다
내 안에 다시 사셔서 주가 되셨습니다

그 분의 명을 따라
오늘도 순례의 길을 나섭니다
세상의 십자가를 이제는 내가 지고
주님이 가신 그 길을 나도 따라 가렵니다

주님 원하시면
내 삶을 번제로 드리겠습니다
메마른 이 땅에
사랑의 작은 샘물이 될 수만 있다면
나를 화목제로 드리겠습니다
복음의 씨를 뿌려
꽃 한 송이라도 피워낼 수 있다면
나는 죽어도 기뻐하며 죽겠습니다

주여 나를 받으소서
샤론의 꽃 그 아름다움은 아닐지라도
사역으로 야위어진 두 손으로 기도하오니
주여 나를 받으소서
이 땅 이 사람들을
죽기까지 사랑하기로 작정한
나는 선교사입니다

민들레 같기도 한

― 이철환 선생님

진솔한 삶을
부풀림 없이
소박한 필체로 풀어내어
잔잔한 감동을 주시는 분

집은 잘 살게 되었지만
마음은 가난해진 우리에게
어렵던 시절 떠오르게 하고
잊고 살던 이웃들 생각나게 하는

개울가로 가는 논길에 들풀 같기도 하고
담 옆에 홀로 핀 민들레 같기도 하고
가재골에서 불어오는 하늬바람 같아
낮에 나온 반달 보고 실없이 웃으시는

사람 냄새 풀풀 나시는 분
사람을 좋아하고 사람들이 좋아하는 분
사랑의 따뜻함으로 세상의 추위를

이겨낼 수 있다고 믿고 실천하시는 분

*이철환: 소설 『연탄길』 저자

축복의 기도

— 김지철 목사님께 드리는 헌시

깊은 학식과 푸르른 지성으로
후학을 길러내는 섬김만으로도
한 세상을 품고도 남을 당신인데

오직 믿음으로 살리라
주님 주신 말씀을 사명으로 받아
세상의 잠든 영혼을 깨우려고
까치산 고개 넘고 광나루 건너

어린 사슴같이 순결한 신부가 되어
설레임과 떨리는 마음으로
당신은 우리에게 오셨습니다

만남의 기쁨이 채 가시기도 전에
이유 없는 배척이 가시가 되어
살을 찌르고 피를 흘리실 때에
눈물의 기도로 밤을 새우셨습니다

어둠의 절망 속에서도
용서와 화해의 십자가를 바라보며
박해하는 자들마저도 사랑으로 안고자
변명을 모르는 침묵의 순례자가 되어
당신은 소리내어 울지도 못하셨습니다

당신의 괴로움과 고통의 열매로
시들었던 소망이 다시 피어오르고
사랑의 향기가 온 교회에 가득하여
겸손한 용기와 믿음의 인내를
몸소 우리에게 가르쳐 주셨습니다

세월은 강물처럼 흘러
고운 얼굴에는 주름이 늘고
어느덧 머리는 희어졌지만
말씀은 생명수로 더욱 솟아납니다

이제야 눈감아도 당신 목소리 알 수 있는데

멀리서도 당신 오시는 발걸음 이제야 알겠는데
아, 당신은 떠나려 하십니까

사랑은 이별을 말하지 않습니다
정녕 떠나서야 한다면
잠시 자리를 비운다 말씀하여 주시옵소서
당신을 붙들어 못 보낼까 두렵습니다

또 다시 사랑해야 할 누군가를 위하여
어쩔 수 없이 당신을 보내드려야 한다면
찢어질 것 같은 아픔은 가슴에 묻고
우리는 입술을 깨물며 눈물을 삼키겠습니다

함께 계신 것만으로도 우리는 행복합니다
큰 나무가 되신 당신의 가지에 둥지를 틀어
고단한 삶의 날갯짓을 접고
당신의 품에 포근히 깃들기를 원합니다

당신을 닮겠습니다
사랑은 언제나 옳다는 당신의 말씀을
우리 모두의 지표로 삼아
끝까지 가야 할 사랑의 길을
우리도 따라가겠습니다

당신이 주신 교훈을 따라
주님을 사랑하며 자랑하며 감사하며
하나님 기뻐하시는 교회로 가꾸겠습니다
보랏빛 천국의 꿈을 우리가 이어가겠습니다

평안히 가시옵소서
가시는 그 길에 평강과 축복이 넘치소서
우리는 언제나 당신을 그리워하며
당신은 우리 곁에 영원히 함께 계실 것입니다

내 마음에 날마다

산을 바라보면 주님의 솜씨가
바다를 바라보면 주님의 권능이
주님을 찬양하면 내 마음에 기쁨이
주님을 찬송하면 내 마음에 평안이
날마다 샘물처럼 솟아납니다

형제를 바라보면 주님의 사랑이
자매를 바라보면 주님의 은혜가
주님을 경배하면 내 마음에 화평이
주님을 예배하면 내 마음에 축복이
날마다 강물처럼 넘쳐 흐릅니다

세상을 바라보면 주님의 영광이
우리를 바라보면 주님의 은총이
주님과 함께하면 내 마음에 치유가
주님께 순종하면 내 마음에 안식이
날마다 샘물처럼 맑게 비칩니다

내가 눈을 감고

내가 눈을 감고 주의 음성을 듣습니다
주여 말씀하소서 내가 여기 있나이다
모습 볼 수 없어도 들리는 주님의 음성
나는 여호와 하나님 너를 지으신 이로다

내가 눈을 감고 주의 임재를 그려봅니다
울려 퍼지는 나팔소리 온 산이 진동합니다
모습 볼 수 없어도 찬란한 주님의 영광
나는 여호와 하나님 너를 부르신 이로다

내가 눈을 감고 주의 말씀을 묵상합니다
메마른 나의 영혼에 강물같이 흐릅니다
모습 볼 수 없어도 넘치는 주님의 은혜
나는 여호와 하나님 너를 지키시는 이로다

부채춤

분홍 저고리 파란 치마
노란 고름 길게 늘이고
부채를 손에 잡으니
성령의 바람이 인다

하얀 발 살포시 내밀어
짙은 어둠 속에서
빛을 찾아 나선다
순결한 영혼 성령을 따라
너울너울 춤을 춘다

더 높이 더 높이
한 마리 나비 되어
허공을 날아간다
주님 계신 곳을 찾아
천상으로 날아간다

사르르 돌면

꽃이 되고
휘르륵 펼치면
바람이 된다
꽃으로 피어나게 하소서
바람으로 날게 하소서

순례자

본향을 찾는 사람에게
세상에 고향은 없다
사랑하는 사람은
오직 한 분으로 족하다
이별의 아픔을 감추고
다시 첫사랑으로
님은 돌아가야 하는가

천성을 꿈꾸는 사람에게
세상은 언제나 타향이다
풀은 저 들에 나무는 저 산에
사랑하는 사람들은 저 자리에
홀로 남겨 두어야 한다
다시 올 수 없는 그리움으로
님은 가야만 하는가

오직 사랑으로만
우리는 다시 만날 수 있다

하늘에 있는 천국의 언어로
사랑의 말씀으로 속삭일 수 있다
햇살을 사모하는 아침 이슬처럼
온몸을 불사르는 사랑의 빛으로
아! 님은 떠나야 하는가

에덴의 마을

오늘은
하나님이 세상을 지으신
그 날로 돌아가고 싶다
소리라곤 없는 태고의 적막에
오직 하나의 소리
주님의 음성만이 가득한
사람이 없어 사람의 소리 없는

아! 에덴의 마을이 태어난 날
땅은 물소리로 산은 바람소리로
창조의 신화를 속삭이며
탄생을 노래하던
그 날을 다시 살고 싶다

오늘은
하나님이 사람이라 지으신
그들을 만나고 싶다
하나님을 닮아 사람 같지 않은

원시의 숲속에서 천국을 꿈꾸며
에덴의 흙으로 생명나무를 가꾸는

아! 오늘은 그들을 보고 싶다
바벨의 언어 배운 적 없어도
눈빛 하나만으로도 깨치며
평화로움이 미소로 피어나는
하나님의 사람들을 만나고 싶다

영원한 사랑

내가 존재함은
주님을 사랑하기 때문입니다

주님이 없으면
사랑할 대상이 없으니
나는 존재할 이유가 없습니다

주님이 계셔도
사랑이 없으면 의미가 없으니
나는 살아도 죽은 존재입니다

사랑은 영원합니다
과거도 없고 미래도 없고
사랑하는 주님만 계실 뿐입니다

믿음이 흔들리고
흐르는 시간에 표류하여
영원한 사랑을 저버릴까 두렵습니다

말씀에 고요히 머물어

시간에 흔들리지 않고

깊고 넓은 주님의 사랑에 안기렵니다

이제야 진정으로

세상에서
방황하는 나의 영혼
주님의 말씀이
이제야 생각납니다
어둠에서 헤매는 나의 영혼
주님의 얼굴이
진정으로 그립습니다

못난 나를 탓하지 않으시고
어느 때나
기다려 주시는 주님
어디에 있었느냐
묻지도 않으시고
받아 주시는 주님

영원한
주님의 십자가 사랑
나를 용서하소서

곁에서 언제나
바라보시는 주님
나를 받아 주소서

주님 내게 오셔서

주님 내게 오셔서
나를 따르라 하실 때
세상에 미련이 너무 많아
따를 수 없었습니다
이제야 주님을 따르려는데
주님은 이미 떠나가셨습니다

주님 내게 오셔서
형제를 사랑하라 하실 때
세상에 가진 게 너무 많아
사랑할 수 없었습니다
이제야 형제를 사랑하려는데
재물을 다 탕진하였습니다

주님 내게 오셔서
십자가를 지라 하실 때
세상의 짐이 너무 무거워
질 수 없었습니다

이제야 십자가를 지려 하는데
몸은 늙고 병들었습니다

주님 내게 오서서
늦지 않았다 말씀하시면
가난하고 추한 몸이라도
주님 받아주시면
주님을 따르겠습니다
십자가를 지겠습니다

주님의 사랑은

주님의
사랑은
너무나 커서

눈을
감지 않으면
볼 수가 없고

주님의
사랑은
너무나 아파

울지
않으면
느낄 수 없고

주님의
사랑은

너무나 귀해

버리지
않으면
얻을 수 없네

나는 날마다 죽는다

나는 날마다 죽는다
한 번의 죽음을 위하여

보이는 것만 보고 산다면
어찌 살았다 하겠는가

보이는 것들은 모두
사라지는 것들이지 않은가

보이는 나를 날마다 죽여야
보이지 않는 내가 살 수 있기에

오늘도 나는 죽고
또 죽는다
죽어도 죽지 않을 나를 위하여

2

고독

바닷게가
소라껍데기에
들어가 앉아
모래를 하나하나 헤아리는
구도자의 인내

달팽이가
한 걸음 거리를
하루에 걸어
시간을 지치게 하는
저 능청스러운 여유

솔개가
직각으로 낙하하여
바람을 가르는
속도의 허무

위대한 삶

아무것도 안하고
가만히 있음을 불안해하지 마라

숨을 크게 쉬고
오늘
그대가 살아 있음을 확인하라

사람들은 너무 많은 것을 하려다
제풀에 쓰러지지 않는가

어떻게
살아가야 할지 염려하지 마라

지금까지 살아 있다면
앞으로도 그렇게 살아 있을 것이다

삶은 무엇을 하는 것이 아니다
스스로 살아 있음을 깨우치는 것이다

그대의 심장 소리를

들을 수만 있다면

그것으로 위대한 삶을 살아가는 것이다

관점이 같다

나는 오른쪽에서 보고
당신은 왼쪽에서 보고
나는 옳고
당신은 그르다 하네

당신은 위에서 보고
나는 아래서 보고
당신은 맞고
나는 틀리다 하네

내가 당신의 자리에서
당신이 내 자리에서 보면
나도 맞고
당신도 맞는 것을

당신이 내 자리에서
내가 당신의 자리에서 보면
당신도 옳고
나도 옳은 것을

링거를 꽂고

수액이
하얀 줄을 타고
한 방울
한 방울
내 몸으로 흘러
내 영혼 속으로 들어가는구나

피 한 방울이
혈관을 돌고
물 한 방울이
목젖을 타고 흘러
자꾸 나를 깨운다

생명은
피 한 방울
물 한 방울
아주 작은 방울에서부터
비롯되는구나

회복실에서

바늘이
살을 찌르면
전해오는
순간 통증의 떨림

마취 가스에
의식은 멀어지고
깨어날 것 같지 않은
어둠의 두려움

눈 떠 보세요
눈부신 불빛과
낯익은 목소리
이 세상 다시 돌아온 건가

이름이 뭐예요
달싹이는 입술로

불러보는 나의 이름

살아있음을 확인하다

수술실에서

누구도
나를 데려갈 수는 없다
의식의 옷자락을 놓지 않을 거야

눈부신 수술 라이트에
조금씩 상실되어 가는 의식
숨을 헐떡거리며 한 마리 잉어가 되다

깊은 바다를 자맥질하니
비늘이 돋고 지느러미가 나다

형이 소리쳤다
대장잉어를 잡아야 해
도마 위에서 입을 뻐끔거리며
나를 빤히 쳐다보는 잉어의 눈

잉어와 함께
나는 나를 놓았다

바다잉어가
깊은 어둠의 심연에서 유영하다
이 바다를 건너 호수로 가야 해

호숫가에 이르니
형이 낚시를 하고 있다
나는 눈을 감고 죽은 체하다

수술실 문이 열리고
의식이 다시 옷을 입자
내 몸에서 비늘과 지느러미가 떨어지다

입원하는 날에

이상하겠지
병원에 입원해보는 것이
오랜 꿈이었다고 말하면

눈부신 하얀 시트
침대에 누워
사과를 입에 물고 만화를 보는
시골 국민학교 내 친구
병실은 꽃 냄새로 가득하다
하얀 간호사 누이들은
하나같이 이뻤다

오랫동안 꾸었던 꿈
반세기 만에
친구의 병상에 누웠다
하얀 시트 과일 바구니
향기로운 꽃다발
그리고 만화 대신 읽는 시집

친구는 퇴원하고
얼마 지나지 않아
장례도 없이
하늘나라로 갔다

창문으로 들어오는
햇살이 따스하다
졸음이 죽음처럼 몰려온다
병실에 하얀 빛이 가득하고
친구가 멀리서 손짓을 한다

약 먹을 시간이다
친구 따라 떠날 병은 아니란다
오랜 꿈을 반쯤은 이루었으니
누구나 한 번은 꾸어야 할
마지막 긴 꿈은
그 날에 다시 꾸기로 하고
눈을 감는다

장례식장

병원에선 아프다고 울고
장례식장에선 슬프다고 운다

죽기 위해 사는가
살기 위해 죽는가

살아도 사는 게 아니면 죽은 것이고
죽어도 죽은 게 아니면 살아있는 것을

육신이 아프면 영혼은 깨어나고
영혼이 아프면 육신은 죽을 때인가

육신은 너무 살아 아프다 하고
영혼은 너무 오래 잠들어 깨고자 한다

내 모습대로

나는
강한 사람이 아닌데
세상에 지지 않으려고
강한 척하며 살았습니다
어깨에 힘을 주고
가슴을 부풀리고
팔을 휘휘 저었습니다

나는
똑똑한 사람이 아닌데
남에게 지지 않으려고
똑똑한 척하며 살았습니다
책을 옆구리에 끼고
클래식을 들으며
칸트와 쿠닝를 얘기했습니다

나는
좋은 사람이 아닌데

손해를 보지 않으려고
좋은 사람인 척하며 살았습니다
허리를 숙이고
미소를 지으며
목소리를 점잖게 내었습니다

나의
애초의 모습을 본 지가
너무 오래되어서
척하며 사는 나의 모습이
참으로 나인 줄 알고 살았습니다

남에게
보여주고 비춰지는
내가 아니라
어머니의 자궁에서
지음을 받은
나의 첫 모습 그대로를

알아보고 행동하는
나이고 싶습니다

동창 모임

쓸데없는 얘기만 한다
자식 자랑 출세 자랑 건강 자랑

그래도 밉지가 않네
속이 다 보이기 때문인가

속일 수가 없다
서로의 과거를 다 알고 있으니

그래도 허풍을 떨면
모른 체 속아주면 그뿐이지

얼굴만 봐도
우리는 네 속을 다 알 수 있다니까

속을 도통 알 수 없는
세상의 많은 모임들

그래서 더욱

쓸모 있는 옛 친구들 모임

숫자

연연하지 말아야지
숫자는 그저 숫자일 뿐이니

총무님
오늘 모임에
몇 명이나 올까요?
많이 안오면 곤란한데……

연연하지 말아야지
숫자는 그저 외양일 뿐이니

아들아
이번 시험에
몇 점이더냐?
좋은 대학 가기 힘들겠는데……

연연하지 말아야지
숫자는 그저 허울일 뿐이니

딸아
그 남자 벌이가
얼마라 하더냐?
시집 고생을 좀 하겠는데……

연연하지 말아야지
숫자는 그저 기호일 뿐이니

여보! 내 나이가 올해 얼마더라?

세월의 맛

주말마다
낚싯대를 메고
고기를 잡으러
바다로 가는 내 친구
짜릿한 손맛을 알아야
세상 사는 맛을 알 수 있다나요

낚시 하러 간 친구가
세월에 낚이었습니다
낙상으로 허리가 삐끗
구들장을 지고 말았으니
쌉쌀한 세월의 맛을
제대로 알게 되었다나요

소심한 남자

큰 마음을 품어야
큰 인물이 된다고
귀가 닳도록 들었지만

알아도
마음대로 안되는
소심한 마음을
어쩝니까

누가 내 이름을
부르기만 해도
무슨 잘못한 일 있나
마음부터 쿵쾅거리고

어쩌다
용기를 내어
분에 넘치는 일을 하면
내 잘못부터 먼저 짚어보고

소심한 사람은
소심한 대로
사는 수밖에요

허영이라는 것

어쩌다 들려본 백화점
진열된 상품들이 휘황찬란하다
만지작 만지작거리다
결국은 빈손으로 나와
뛰어넘을 수 없는
삶의 벽에 숨이 차다

콩을 팔려고 시장 좌판에
몇 시간째 앉아 계신 어머니
싸게 팔고 빨리 가자는
며느리 투정에
고생을 싸게 파는 법은 없다
그건 허영스런 맴이여
핀잔을 쏟아낸다

살 만큼 살아도
물리칠 수 없는
허영의 경계에서

번쩍거리는 것들을
힐끗 곁눈질하며
고생을 싸게 내놓고
비싸게 사는 법은 없지
허영이라는 것과 다툼하다

비행기 飛行機

내집에서 멀어집니다
회사에서 멀어집니다
서울에서 멀어집니다
한국에서 멀어집니다
지구에서 멀어집니다
허상에서 멀어집니다

지구에 가까이 갑니다
한국에 가까이 갑니다
서울에 가까이 갑니다
회사에 가까이 갑니다
내집에 가까이 갑니다
소멸에 가까이 갑니다

인내

그대가 겪어온
세월의 모든 인고忍苦

뒤돌아보면

그 안에
그대가 넘어온
인내의 기쁨이 있다

그대는 아는가

아는가 젊은 청춘이여
그대의 어머니의 어머니가
공단의 소녀였음을

어머니 약값을 벌기 위해
새벽부터 자정까지
발이 부르트도록
미싱을 돌리고 돌리다
그대로 잠이 들어버린
가녀린 소녀가

그대의 어머니의 어머니였음을
그대는 아는가

동생들 학비 뒷바라지에
먹을 것 제대로 못 먹고
라면 한 그릇으로 끼니를 때우다
영양실조로 쓰러졌던

열일곱 소녀가

그대의 어머니의 어머니였음을
그대는 아는가

아버지 빚을 갚기 위해
아파도 아프다 말 못하고
펄펄 끓는 이마에
물수건 하나 달랑 올려놓고
밤새 끙끙대던
악바리 소녀가

그대의 어머니의 어머니였음을
그대는 아는가

아직 세상에 태어나지도 않은
그대를 생각하며
지긋지긋한 가난 물려주지 않으려고

모진 고생 이 악물고 살다
잘 사는 세상 보지도 못하고
숨을 거두신 어머니가

그대의 어머니의 어머니
공단의 소녀였음을
그대는 아는가

파리바게트에서 소보르빵을 먹고
스타벅스에서 모나코커피를 마시는
젊고 잘난 그대여

오늘 그대가
잘 먹고 잘 사는 것은
그대 혼자 이룬 것이 아니라
그대의 어머니의 어머니의
피와 땀과 눈물이 서려 있음을

젊은 청춘이어

조금은 기억해 주지 않으려는가

나쁜 인생은 없다

머리가 나쁜 나는
공부 잘하는 친구를 부러워했다
밤샘을 해도 성적은 늘 아래
놀기만 해도 언제나 만점인 내 친구

행복은 성적순이 아니라는데
글 잘 쓰는 그녀는 머리도 좋았을까
세상은 성적대로 줄 서는 이치를
나보다 머리 나쁜 친구도 다 아는데

얼마나 살았을까
산다는 게 무언지도 모르고
세상은 저만치 앞서가고
달팽이의 걸음으로
인생은 가쁜 숨을 몰아 쉰다

꿈인가
오랜 전에 앞서간 그들이

목마를 타고 내 뒤에서 달려온다
공부 잘하고 달리기 좋아하던
지치고 늙어버린 얼굴들

인생은 공처럼 둥글다는데
머리 나쁜 나는 알 수 없지만
나쁜 머리는 있어도
나쁜 인생은 없다는
우리 선생님은 선지자
머리가 좋으신 분이셨다

어머니의 키질

바람이
솔찮게 부는 날이면
키질하시는 어머니

쭉정이는
바람을 타고
허공으로 훨훨 날고

어머니는
나비가 되어
세월 속에서 나풀나풀 날아가네

티끌처럼
살아온 인생인데
이 고생쯤이야 아무렴

자식들
알곡으로 단단히 키워서
잘 살면 그것으로 되었지

바람개비

내가 달리면
바람개비 돌고
내가 멈추면
바람개비 쉬고

바람이 불면
나는 쉬고
바람이 멈추면
나는 달리고

바람개비 돌면
세상도 돌고
바람개비 쉬면
세상도 쉬고

미시건호에서

오디세이 유람선
바다 같은 호수를 가르면
오리들은 달빛을 따라 가고
눈먼 호머러스의 노래가 흐른다

저 멀리 시카고
고층빌딩의 불빛이 화려하다
화려한 자본주의가 쏘아대는 축포
도시를 태워버릴 것 같은
불꽃이 하늘에서 별처럼 쏟아진다

문명의 끝이 어딘지도 모르고
축배로 환호하는 사람들
트로이 목마가 시카고에 상륙하다

3

산속의 아침

구름이
산을 잠시 덮은 것이 아니다

산이
구름 속에 잠시 든 것이다

민낯 보이기 부끄러워
구름으로 얼굴을 잠시 가린 것이다

맞은편 기지개 켜는 산 하나가
하얀 손으로 얼굴을 씻기는 것이다

구름을 걷어내는 것이다
아침을 부르는 것이다

앵두

낮에는
부끄러워
사랑한다
말 못하고

밤에는
설레임에
뜬 눈으로
바라만 보다

새벽
찬 이슬에
촉촉이 젖은
빨간 입술
처음 열리다

유채꽃

오서요
더 가까이
당신의 볼을 내 얼굴에 대서요

들으셔요
나의 소리를
유채꽃 평원에서 뛰노는
심장의 박동을

바람이 속삭입니다
푸른 숲속으로 가자고
가서 같이 살자고 합니다

나는 떠날 수 없습니다
이 평원에서 평생 흔들리며 살지라도
바람 소리 그리워하며
나의 꽃과 향기
누군가 사랑한다면

그것만으로

나는 행복합니다

틈새

빛 한 줄기 물 한 방울
세상은 샐 틈 없이 밀봉된 하얀 봉투
칼로 옆구리를 베어야 속내를 알 수 있다

세상은 언제나 그렇다
틈새를 허락하지 않는 완고함
깨어질지라도 스스로 열지는 않는다

빛줄기가 천 년을 흘러
아픔도 없이 바위에 틈새가 생기고
흙과 씨가 날아들더니 꽃을 피웠다

영겁의 침묵이 흘러서
바위 같은 마음에 틈새가 생기고
말씀이 들어오더니 마침내 사랑을 피웠다

촛불

누구를 사모하기에
하얀 소복을 입고
너울너울 춤을 추는가

차라리 울지나 말든지
눈물은 왜 그리 차올라
청청한 밤하늘 영롱하게 하는가

어느 세상을 밝히려고
타버린 애간장 또 태워
온몸을 다비로 드리는가

사랑은 언제나

사랑은
언제나 말합니다
당신은 나의 모든 것이라고

사랑은
언제나 속삭입니다
영원히 당신 곁에 있을 거라고

사랑은
언제나 유혹합니다
우리에게 이별은 없을 거라고

사랑은
언제나 꿈을 꿉니다
저 별이 우리의 고향이라고

사랑은

언제나 다짐합니다

같은 날 함께 돌아갈 거라고

그것이 어찌 사랑뿐이랴

마음대로 할 수 없는 것이
어찌 사랑뿐이랴

이 세상에 내 맘대로 되는 것은
아무것도 없다

만남도 이별도
섭리하시는 분이 계시기 때문이다

슬픈 기색을 보이지 말라
떠나는 님의 마음은 더 아프다

마음대로 만나고 헤어질 수 있다면
그것이 어찌 사랑뿐이랴

겨울 연가

샤갈의 눈 내리는 마을에
하얀 순백의 천사처럼
당신은 소리도 없이
눈을 밟고 내게로 오셨습니다

눈 내리는 밤에
우리는 귀를 쫑긋 세우고
성당의 종소리를 들으며
소곤소곤 사랑을 꽃피웠습니다

우리의 이야기는
겨울밤보다 길고 끝이 없어
아침 해가 기다리고 기다리다
새벽을 잊은 날이 많았습니다

사랑이 깊어질수록
이별이 가까이 오는 것을
우리는 알고도 말하지 않았습니다

겨울이 끝나가고
눈이 녹기 시작했습니다
겨울의 순결을 지키려고
눈 내리는 마을로 가야 하는 당신

샤갈의 마을에
마지막 눈이 내리던 밤
당신은 소리 없이
눈을 밟고 떠나셨습니다

가을에는 떠나야 한다

봄 그리고
여름이 가고
낙엽 지는 가을이 오면
우리는 어디론가 떠나야 한다

나뭇잎처럼
메마른 영혼을 위하여
바람을 따라 멀리 저 멀리

고도를 기다리는 시인처럼
오지도 않을 사람을 그리워하며
기다림으로만 이 가을을 보낼 수는 없다

사랑 하나
다시 만날 수 없어
외로움으로 몸서리를 칠지라도

자작나무 숲

어느 고목 그루터기에 앉아
낙엽 떨어지는 소리를 들어야 한다

겨울의 세느강을 보다

하늘은 온통
잿빛으로 물들어

눈이라도 내릴 것 같은
늦은 겨울의 파리

찾는 이 없는 세느강은
저 혼자 흘러만 간다

눈은 내리지 않고
강물은 얼지도 않았는데

찬 바람 불기도 전에
어디론가 떠나버린 연인들

이별의 아픔도 모른 채
세느강은 저 혼자 흘러만 간다

별

이미 알려진 비밀은
더 이상 신비롭지가 않아
보고 싶은 마음도 사라지는데

천년을 보아온 별이
지금도 보고 싶은 것은
당신처럼 비밀이 많기 때문인가요

너무 멀어 더 가까이 보려고
자꾸만 처다보게 되는 별처럼
당신도 너무 멀어 보고 싶은건가요

하늘의 별은
밤하늘이 있기에
언제나 반짝이는 것처럼

당신의 눈은

당신을 그리워하는 사람 있기에

별처럼 빛나는 건가요

이제야 알았습니다

낮에 뜬 달을 보고
문득 그대 얼굴 생각나기에
당신을 좋아함을
이제야 알았습니다

바람에 날리는 목련꽃잎 보고
그대 하이얀 손 아련하기에
당신을 그리워함을
이제야 알았습니다

창을 두드리는 바람소리에도
그대 목소리인듯
당신을 사모하는 마음
이제야 알았습니다

낙엽 지는 소리에도
그대 옷 스치는 소리
당신을 기다리는 마음

이제야 알았습니다

첫눈 내리는 날
그대를 꿈꾸며 한숨짓는
사랑의 연민을
이제야 알았습니다

풍금소리

해질 녁
산골 교실에서
들려오는 풍금소리
나는 창밖에 몰래 서서
선생님 뒷모습을 훔쳐봅니다

건반 위를 오가는
하얀 손가락을 따라
나는 반달이 되고 별이 되어
은하수 밤하늘을 날아갑니다

선생님같이
이쁜 여자를
색시 삼고 싶어서
선생님 고운 얼굴을
깊은 밤 내 꿈속에 심었습니다.

풍금소리에 눈을 감으면

선생님은 내 색시

하늘 위 무지개가 되고

하얀 도라지꽃이 되었습니다

초병 硝兵

깊은 산속의
철책에 어둠이 내리니
초병은 바쁘다
철모를 쓰고 군화 끈을 조이고
잠든 세포들을 얼차려로 깨운다

참호에서 바라보는 숲은 적막하다
오지도 않을 적을 밤새 기다리는 동안
첫사랑 순희가 생각난다

다방 문이 땡그렁 열릴 때마다
내 눈빛은 점점 긴장되고
영문도 모를 금붕어만
눈이 뚫어지라 바라보았지

하늘엔 별이 총총하다
별 하나가 머리 위로 떨어진다
순희는 내게 별 하나를 남기고

밤하늘의 흰 달처럼 멀기만 하다

겨울밤은 깊어가고
별 하나에 순희 생각
이 밤도 초병은 새벽꿈을 꾼다

해송海松

이름도 없는 포구
노을 지는 언덕에 올라
푸른 해송에 기대어 밤바다를 바라보면
당신이 불러주던 사랑 노래 들려오고
밀려오는 파도소리
사무치는 그리움에
나는 밤새도록 슬펐습니다

이름 없는 외진 포구의 어부가 되어
뱃머리를 베개 삼아 밤하늘을 바라보면
전에 맺은 약속 생각이 나서
수평선 너머 샛별처럼 행여 당신 오실까
빈 배에 꿈을 싣고 밤새 노를 저었습니다

당신이 없어 돌아갈 이유 없는 고향이기에
해송을 친구로 삼아 함께 살아온 세월

사랑의 추억은 밤하늘에 별처럼 반짝입니다
나 죽으면 이 언덕에 푸른 해송이 되어
언젠가 오실 당신을 기다리렵니다

감성 노트

오래된 서랍에서
다시 꺼내본
젊은 날의 감성 노트

〈목련꽃잎이
바람에 날리면
눈가에 흐르는 눈물
별처럼 반짝이는 그대의 영혼
찰랑이는 바다 물결에
흔들리는 조각배
나를 흔들어 놓고
바람처럼 가버린 그대
낙엽을 밟으며
가을 숲길을 걷고 또 걷다
어둠이 안개처럼 드리우고
소리없이 내리는 눈
촛불 앞에 무릎을 꿇고
한밤을 비는 밤〉

표지처럼 바래진

젊은 날의 그 순수 감성

중도객잔*을 떠나며

아침이 분주하다
시간이 멈춘 곳에서
이별을 재촉한다
흰 쌀죽 한 그릇으로
빈 속을 채우고
보이차 한 모금으로
입을 씻어 낸다

빨리 빨리
시동 걸린 차에 몸을 싣자
뒤돌아 볼 숨도 없이
구비구비 좁은 길 빨리도 간다
벼랑길 아슬아슬
차는 속도를 낸다

올 때는 반갑고
머물 때는 정겹더니
떠날 때는 매정하다

무심해시가 아니다
속절없이 떠나려는 것이다
차마 헤어지기 어려워
뒤돌아보지 않는 것이다

벼랑의 저 노란 꽃
눈이 아프도록 보고 또 보고
구름 한 조각 몰래 베어
안주머니에 접어 넣었다
저 골바람은 또 어찌하나
산은 데려갈 수 없으니
바람이랑 함께 먼길 가자꾸나

* 중도객잔: 중국 윈난성 호도협 산장

차마고도茶馬古道

높고 높고
또 높아
새도 사람도
생명은 누구도
넘을 수 없는 차마고도

나는 구름이 되어
산허리 돌고 돌아
하늘 맞닿은 천산 기슭
파란 제비꽃으로 앉았다
하늘 속에 앉은 내가
세상일에 상관하랴
들풀은 고개를 숙이고
바람도 숨을 죽이는

오호라 하늘만이 가득한
사람 없는 세상이런가
하늘 앞에

누가 숨을 크게 쉬랴
풀은 몸을 눕히고
바람은 고요하다

사람아 너도 잠잠하라
숨을 멈추고 산에 누우라

여기는 차마고도
하늘 아래 산일러라

*차마고도: 중국 윈난성에서 티벳으로 가는 높고 험준한 산길

두부 I

노란 수줍음
물에 잠긴 온 몸을
달빛으로 씻기는 정결한 밤

부풀은 껍질
고통의 몸부림에
마침내 드러나는 순백의 영혼

살을 에이는 차가운 간수에
다시 살아나는 부끄러움
어머니 부르는 진양조 가락에
생의 상처들이 씻기어 간다

참을 수 없는 뜨거움에
서로를 부둥켜안을 때마다
아픔이 하얗게 영글어
속살로 빚어지는 두부 한 모

두부 II

처음으로 변신하여
목욕하는 밤
몸을 물속에 숨기고
노란 겉옷을 벗는다

부풀고 부풀다
부서지는 꿈의 조각들
천길 깊은 가마솥에 몸을 던져
순결을 지키려는 마지막 몸부림

간수에 아려오는 상처들
푸르게 살아온 날들이 아득하다

속살이 드러날 때마다
참을 수 없는 부끄러움
안으로 안으로만 응고되어
결정으로 빚어지는 두부 한 모

풍구

나는
바람을 만들고
어머니는
보리를 까불면

알곡은
땅에 떨어지고
쭉정이는
바람에 흩날리는데

무엇 하나
알곡 없는 내 삶 속에서
쭉정이처럼 남아있는
부끄러움
훨훨 바람에 날아가려나

시를 향한 등정

— 이용기의 첫시집에 대하여

김종해(시인 · 前 한국시인협회 회장)

시를 향한 등정

김종해(시인 · 前 한국시인협회 회장)

 기독교 신앙과 사랑을 바탕으로 평생을 마음속에서만 뜨겁게 달궈왔던 시편들이 늦깎이 나이에 드디어 한 권의 시집 『그것이 어찌 사랑뿐이랴』라는 제목으로 엮어져 나왔다. 소망교회 이용기 장로의 첫시집이다. 그에게는 새로운 시인의 이름이 또 하나 적용된다.

 우리 현대사에서 독재와 불의에 타협하지 않고 한 시대를 풍미하며 젊은이들의 우상과 좌표가 되어 왔던 함석헌 선생의 시편들이나, 유신정권에서 자유를 갈망하며 끝까지 신념을 굽히지 않았던 문익환 목사의 시편들을 우리는 기억한다. 두 분은 모두 독실한 기독교 신앙인으로서 늦은 나이에 시를 발표하고, 시심에 사로잡힌다. 특히 함석헌 선생의 여러 시편들은 시대를 건너뛰며 오늘까지 회자된다.

이용기 시집 『그것이 어찌 사랑뿐이랴』의 대부분의 시들은 하느님에 대한 절대 사랑과 열정과 기도의 말을 넘어서, 세상과 자연, 사람과 일상에 대한 세심한 감정을 담아낸다. 그러한 감정 하나하나가 시의 말로, 리듬을 갖춘 언어와 운율로 환치되어 한 편 한 편의 뜨거운 시로 기록된다. 평생 억누르며 감추어 두었던 그의 특별한 시성詩性과, 함축된 시의 의미, 주님에 대한 사랑이 이 시집에 봇물처럼 터져나온다. 자연을 바라보는 섬세하고 예리한 시각은 시「산 속의 아침」에서 하나의 달관된 경지를 이루고 있다.

그의 시「산 속의 아침」은 예사롭지 않다. 구름에 가려져 있는 아침 산을 바라보는 화자話者의 시각이 산을 자연 속에 그대로 두지 않고 의인화함으로써 산에 또 다른 생명을 부여하고 있다.

구름이
산을 잠시 덮은 것이 아니다

산이
구름 속에 잠시 든 것이다

민낯 보이기 부끄러워
구름으로 얼굴을 잠시 가린 것이다

맞은편 기지개 켜는 산 하나가
　　하얀 손으로 얼굴을 씻기는 것이다

　　구름을 걷어내는 것이다
　　아침을 부르는 것이다
　　　　　　　　　　—「산 속의 아침」 전문

　산이 '민낯 보이기 부끄러워/ 구름으로 얼굴을 잠시 가린 것'이기도 하고 '기지개 켜는 산 하나가/ 하얀 손으로 얼굴을 씻기는 것'이며, '아침을 부르는 것'이라고 한다. 산의 정상을 가린 구름을 바라보는 시인은, 산을 아침 잠에서 깨어난 거인의 모습으로 의인화하고 있을 뿐만 아니라 '아침을 부르는' 신령스러운 성인聖人의 모습으로 시화하고 있다.

　산이 '구름을 걷어내는 것'도 그렇지만 '아침을 부르는 것' 역시 사람의 힘으로는 불가능한 하나의 자연 현상이기 때문이다. 쉬운 비유로, 시에 대한 이해를 쉽게 끌어가는 시인의 능력을 엿볼 수 있다.

　이 시집에 수록되어 있는 다수의 신앙 시편들 — 주님을 향한 사랑과 열정을 담은 시편들은 대부분 감정이 절제되어 있고 시 쓰기의 언어 비유 또한 적절하다. 그 가운데서 시「천수답天水畓」은 간결하고 함축적인 비유가 뛰어나다.

　　내게로

흘러오는
물줄기 하나 없고
샘물 하나 가진 것 없어
오로지 하늘만 쳐다봅니다

눈물마저
말라버리고
사랑해 주는 이 없어
거북등처럼 갈라진 마음
오로지 주님만 바라봅니다

쏟아지는 빗줄기에
강물로 넘치다가도
주님 떠나시면
금세 메마르는 영혼
다시 오실 날만 기다립니다

―「천수답天水畓」전문

　하늘에서 비가 와야만 농사를 지을 수 있는 산간 고지대의
천수답은 주님을 갈망하는 신앙인에게는 하늘만 바라보고 농
사짓는 농부와 다름없다. 나는 시「천수답天水畓」을 읽으면서
이 시의 화자話者 이용기 시인을 날마다 주님이 있는 하늘만
바라보는 '천수답의 시인'이라는 것을 깨닫게 되었다. 시에

있어서 적재적소의 비유와 표현은 시의 의미가 갖는 공감대를 넓혀준다. 아름다운 형용사나 언어의 분식粉飾 하나 없는 시, 간절한 기구, 그러나 시 속에 담긴 강렬한 주제의식과 하나의 대상을 향한 순정적인 사랑은 신앙시의 뛰어난 가능성을 높여주고 있다.

시가 쉽게 씌어지고, 시독자에게 쉽게 읽혀져서 사람의 마음을 움직이는 시, 아직도 우리에겐 이러한 시의 효용성이 유효하다. 이용기 시인의『그것이 어찌 사랑뿐이랴』라는 시집에서 그의 꾸밈없는 무채색의 새로운 신앙시의 높이를 향한 도전과 등정을 나는 축하한다.